更好
的一年

Apr
—
Jun

U0026488

作者 — LuckyLuLu

總會有某個人，在他面前妳心甘情願的傻

雖然生活不像童話總是迎來美好結局，
可是生活經常像童話一樣充滿希望

有些時候，光是為了維持現狀就必須非常努力了

長大後更會珍惜單純微小的美好

旅行之所以讓人享受，是因為隨時都有可以回去的家

有些對不起可以用謝謝代替

兩件我覺得無論花多少時間在上面都絕對值得的事：閱讀、運動

每一個讓你感到一無所有的絕望，都將陪你看見希望

沒有任何一種善意該被視為理所當然

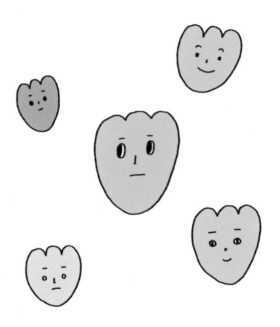

去見想見的人，說出想說的話，趁你還想、趁機會還在

習慣了不快樂的日子，竟能逐漸在不快樂裡感到快樂

讓人措手不及的幸運，都是累積已久的努力

逐漸開始欣賞平凡的美好

傷心的話，就算説得很輕、很輕，聽的人還是有可能碎掉

孤獨就是自由。孤獨的時候應該感到自由

告別是最好的開始

能夠感受到善意的人，都是善良的人

行動是因為信念，而不是意氣用事

每日練習：過濾真正有價值的建議，分辨哪些只是略過耳際的閒言閒語

會有那麼一個人，你在他面前，不用戴著面具

希望你過得好

生活的質感來自於你珍惜事物的方式

被書中的文字觸動時，常常是因為在書裡看見了自己的故事

用幽默的方式面對，用認真的態度解決

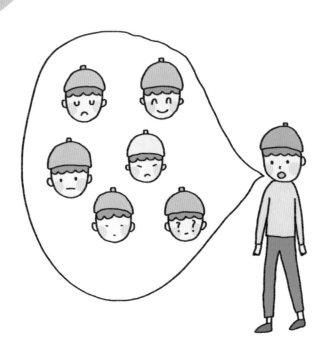

好事、壞事、驚喜、憤怒、悲傷、幸福,各式各樣的感受,
下一刻都會濃縮成一個美麗的詞:回憶

把你選擇的路，走成對的路

擁有自己，就能挺過大部分失去

世界的美麗之處在於，每個領域都有人真正熱愛自己做的事

如果很累了，就不要再努力了。
適合的人，不會需要你那麼努力的

反覆拿捏回憶的力道,才發現不管怎麼想起你,都太重了

每天努力一點點，與理想的距離就短一點點

我不一定能夠理解你的難過，但我會陪著你

感到茫然的話，想想自己為了什麼才走到今天

累積在心裡的那些回憶，所有好事或壞事，
甚至是那些不願回想起來的痛苦的事，
它們都不知不覺地成為了你無可取代的原因

不要把時間花在沒有意義的社交上

幸福的時候看著未來，鬱悶的時候望著過去

艱難的時候，有些加油聽起來特別沉重

茫然啊、徬徨啊、不安啊,這些出現在你臉上的表情,
都是你此刻全力以赴生活的證明

狀態不好的時候，簡單的事情也可能會被搞砸

越是暸解自己，心就更加堅定

不要為了別人而改變，也不要想著改變別人

當你感到疲憊的時候，先前付出的努力會支持著你

不要對別人無心的一句話耿耿於懷

如果你願意前進，
總有一天擋在眼前的絆腳石會變成成長的墊腳石

你所做的事，不一定會被大家看見或認同，
但那些事仍然是有意義的

不斷奔跑的過程中，也要保有停下來休息的勇氣

關於愛，盡情感受、盡力表達

嘗試做一些新的事，誰知道有什麼驚喜在等著我們呢！

此刻感到茫然的話，想想你想到達的未來是怎麼美好。
看不清前方的路時，專心感受此刻你正在做的事

我愛你，我做的每一件事情，都愛你

接受自己不完美的時候，就變得更完美一些

保持對生活的熱情，不一定要每天睜開眼睛都充滿希望，
而是即使經歷長長的低潮，總有一天還是願意向著光前進

比起不斷的加油打氣，給予認同更能給人力量

面對自己軟弱之處的樣子，看起來反而很勇敢

受過傷，所以更懂得如何去愛

別抵抗悲傷，別忍住眼淚，你會逐漸好起來的

不如預期的事情很多，但迎刃而解的事情更多

走得慢一點也沒關係，堅持會帶你到遠方

平凡的事情會因為你認真對待，變得獨特而閃耀

即使沒有經常聯繫，也不影響妳在我生命中的重要性

不要讓傷心，燃燒了你的生活

控制心情太難，那至少盡量控制自己的表情

用心生活的時候，感覺全世界都在回饋你

不跨出腳步，再簡單的目標都是遠方

有些路，慢慢地走，反而能夠更快抵達

想做的事、想去的地方、想看的風景......
這個世界的寬與廣，要親身去體會

盡己所能，心有餘力的話，再去完美

做一個浪漫的人。
諸事不順的時候，更要做一個浪漫的人

柔韌是，一邊前進，一邊調整自己

美好的事情，每回憶一次，都更美好一些

做喜歡的事，從來都不浪費時間

適量的偷懶會讓事情更加順利。
可是過度的偷懶，會讓人感到恐慌

絕望總是藏在不經意的忽略裡

告別了青春期，人生才正要開始

每一個吻，都跟第一個吻一樣令人心動

心底有原則的時候，感受到的自由就更多

比較這件事，不管是比好的、還是比不好的，都不會快樂

心煩意亂的時候，別急著尋求別人的意見，
而是努力讓自己靜下來，好好思考，再做選擇

無所事事的話，每過一分一秒都在失去；
努力生活的話，每過一分一秒都在獲得

成為人見人愛的人之前，要先成為自己愛的那種人

忙著成長的時候，別人的閒言閒語顯得特別渺小

堅持，但不過度執著

不要找藉口，要找解決方法

找到自己適合的速度和方式，才能走得長、走得遠

遇到困難的時候：面對、理解、克服

如果你願意嘗試，不管成功或失敗，你都會有所收穫

重要的話，放在心裡久了，就會變成遺憾

在困境裡，總是等著別人來拯救你的話，就會遇到更多困境

為了小事情而幸福，是最大的幸福

練習明確地拒絕別人，生活才不會總是喘不過氣

看起來快樂沒有用，要真的快樂才行；
看起來充實沒有用，要真的充實才行；
看起來精彩沒有用，要真的精彩才行；

你要真的過得好，才行

今年過了一半囉！

All is well!

It's okay.

今年已經過去了一半，我們一起想想…

你喜歡現在的生活嗎？

你每天都過得很不安嗎！

你能夠感受到幸福嗎？

你總是想著別人怎麼看待你嗎？

你有為自己的理想勇敢一次了嗎！

你相信自己嗎？

你有對自己誠實嗎？

你有讓自己好好休息嗎？

作　　者／LuckyLuLu
主　　編／林巧涵
責任企劃／謝儀方
美術設計／白馥萌

第五編輯部總監／梁芳春
董事長／趙政岷
出版者／時報文化出版企業股份有限公司
108019 台北市和平西路三段 240 號 7 樓
發行專線／（02）2306-6842
讀者服務專線／ 0800-231-705、（02）2304-7103
讀者服務傳真／（02）2304-6858
郵撥／ 1934-4724 時報文化出版公司
信箱／ 10899 臺北華江橋郵局第 99 信箱
時報悅讀網／ www.readingtimes.com.tw
電子郵件信箱／ books@readingtimes.com.tw
法律顧問／理律法律事務所 陳長文律師、李念祖律師
印刷／和楹印刷有限公司
初版一刷／ 2020 年 12 月 11 日
初版二刷／ 2020 年 12 月 29 日
定價／新台幣 500 元

版權所有，翻印必究（缺頁或破損的書，請寄回更換）
ISBN 978-957-13-8472-6 ｜ Printed in Taiwan ｜ All right reserved.

時報文化出版公司成立於一九七五年，並於一九九九年股票上櫃公開發行，
於二〇〇八年脫離中時集團非屬旺中，以「尊重智慧與創意的文化事業」為信念。

更好的一年：無論陰晴圓缺，都是寶藏 /LuckyLuLu 作. -- 初版. -
臺北市：時報文化出版企業股份有限公司, 2020.12
ISBN 978-957-13-8472-6(平裝)　863.55　109018577